KB197621

하늘과 바람과 별과 시
필사노트

윤동주
尹東柱

하늘과
바람과
별과
시

필사노트

청담출판사

하늘과 바람과 별과 시
필사노트

윤동주 시인이 졸업 기념 77부 한정판 시집으로 남기고자 했던
『하늘과 바람과 별과 시』 속의 유시 19편을 담은 필사노트입니다.

서시(序詩)

죽는 날까지 하늘을 우러러
한 점 부끄럼이 없기를,
잎새에 이는 바람에도
나는 괴로워했다.
별을 노래하는 마음으로
모든 죽어가는 것을 사랑해야지
그리고 나한테 주어진 길을
걸어가야겠다.

오늘밤에도 별이 바람에 스치운다.

1941. 11. 20

자화상

   산모퉁이를 돌아 논가 외딴 우물을 홀로 찾아가선 가만히 들여다봅니다.

   우물 속에는 달이 밝고 구름이 흐르고 하늘이 펼치고 파아란 바람이 불고 가을이 있습니다.

   그리고 한 사나이가 있습니다.
어쩐지 그 사나이가 미워져 돌아갑니다.

   돌아가다 생각하니 그 사나이가 가엾어집니다.
도로 가 들여다보니 사나이는 그대로 있습니다.

   다시 그 사나이가 미워져 돌아갑니다.
돌아가다 생각하니 그 사나이가 그리워집니다.

   우물 속에는 달이 밝고 구름이 흐르고 하늘이 펼치고 파아란 바람이 불고 가을이 있고 추억처럼 사나이가 있습니다.

1939. 9

소년

　여기저기서 단풍잎 같은 슬픈 가을이 뚝뚝 떨어진다. 단풍잎 떨어져 나온 자리마다 봄을 마련해 놓고 나뭇가지 위에 하늘이 펼쳐 있다. 가만히 하늘을 들여다보려면 눈썹에 파란 물감이 든다. 두 손으로 따뜻한 볼을 쓸어보면 손바닥에도 파란 물감이 묻어난다. 다시 손바닥을 들여다본다. 손금에는 맑은 강물이 흐르고, 맑은 강물이 흐르고, 강물 속에는 사랑처럼 슬픈 얼굴— 아름다운 순이의 얼굴이 어린다. 소년은 황홀히 눈을 감아본다. 그래도 맑은 강물은 흘러 사랑처럼 슬픈 얼굴— 아름다운 순이의 얼굴은 어린다.

1939

눈 오는 지도

　순이가 떠난다는 아침에 말 못 할 마음으로 함박눈이 내려, 슬픈 것처럼 창밖에 아득히 깔린 지도 위에 덮인다.

　방 안을 돌아다보아야 아무도 없다. 벽과 천장이 하얗다. 방 안에까지 눈이 내리는 것일까, 정말 너는 잃어버린 역사처럼 홀홀히 가는 것이냐, 떠나기 전에 일러둘 말이 있던 것을 편지를 써서도 네가 가는 곳을 몰라 어느 거리, 어느 마을, 어느 지붕 밑, 너는 내 마음속에만 남아 있는 것이냐, 네 쪼그만 발자국을 눈이 자꾸 내려 덮여 따라갈 수도 없다. 눈이 녹으면 남은 발자국 자리마다 꽃이 피리니 꽃 사이로 발자국을 찾아 나서면 일 년 열두 달 하냥 내 마음에는 눈이 내리리라.

1941. 3. 12

돌아와 보는 밤

세상으로부터 돌아오듯이 이제 내 좁은 방에 돌아와 불을 끄옵니다. 불을 켜두는 것은 너무나 피로로운 일이옵니다. 그것은 낮의 연장이옵기에—

이제 창을 열어 공기를 바꾸어 들여야 할 텐데 밖을 가만히 내다보아야 방 안과 같이 어두워 꼭 세상 같은데 비를 맞고 오던 길이 그대로 빗 속에 젖어 있사옵니다.

하루의 울분을 씻을 바 없어 가만히 눈을 감으면 마음속으로 흐르는 소리, 이제 사상(思想)이 능금처럼 저절로 익어 가옵니다.

1941. 6

병원

살구나무 그늘로 얼굴을 가리고 병원 뒤뜰에 누워, 젊은 여자가 흰옷 아래로 하얀 다리를 드러내 놓고 일광욕을 한다. 한나절이 기울도록 가슴을 앓는다는 이 여자를 찾아오는 이, 나비 한 마리도 없다. 슬프지도 않은 살구나무 가지에는 바람조차 없다.

나도 모를 아픔을 오래 참다 처음으로 이곳에 찾아왔다. 그러나 나의 늙은 의사는 젊은이의 병을 모른다. 나한테는 병이 없다고 한다. 이 지나친 시련, 이 지나친 피로, 나는 성내서는 안 된다.

여자는 자리에서 일어나 옷깃을 여미고 화단에서 금잔화 한 포기를 따 가슴에 꽂고 병실 안으로 사라진다. 나는 그 여자의 건강이— 아니 내 건강도 속히 회복되기를 바라며 그가 누웠던 자리에 누워 본다.

1940. 12

새로운 길

내를 건너서 숲으로
고개를 넘어서 마을로

어제도 가고 오늘도 갈
나의 길 새로운 길

민들레가 피고 까치가 날고
아가씨가 지나고 바람이 일고

나의 길은 언제나 새로운 길
오늘도……내일도……

내를 건너서 숲으로
고개를 넘어서 마을로

1938. 5. 10

간판 없는 거리

정거장 플랫폼에
내렸을 때 아무도 없어,

다들 손님들뿐,
손님 같은 사람들뿐,

집집마다 간판이 없어
집 찾을 근심이 없어

빨갛게
파랗게
불붙는 문자도 없이

모퉁이마다
자애로운 헌 와사등에
불을 켜 놓고,

손목을 잡으면
다들, 어진 사람들
다들, 어진 사람들

봄, 여름, 가을, 겨울,
순서로 돌아들고.

1941

태초(太初)의 아침

봄날 아침도 아니고
여름, 가을, 겨울,
그런 날 아침도 아닌 아침에

빨—간 꽃이 피어났네,
햇빛이 푸른데,

그 전날 밤에
그 전날 밤에
모든 것이 마련되었네,

사랑은 뱀과 함께
독은 어린 꽃과 함께

또 태초(太初)의 아침

햐얗게 눈이 덮이었고
전신주가 잉잉 울어
하나님 말씀이 들려온다.

무슨 계시일까.

빨리
봄이 오면
죄를 짓고
눈이
밝어

이브가 해산하는 수고를 다하면

무화과 잎사귀로 부끄런 데를 가리고

나는 이마에 땀을 흘려야겠다.

1941. 5. 31

새벽이 올 때까지

다들 죽어가는 사람들에게
검은 옷을 입히시오.

다들 살아가는 사람들에게
흰 옷을 입히시오.

그리고 한 침대에
가지런히 잠을 재우시오.

다들 울거들랑
젖을 먹이시오.

이제 새벽이 오면
나팔소리 들려올 게외다.

1941. 5

무서운 시간

거 나를 부르는 것이 누구요.

가랑잎 이파리 푸르러 나오는 그늘인데,
나 아직 여기 호흡이 남아 있소.

한 번도 손 들어 보지 못한 나를
손 들어 표할 하늘도 없는 나를

어디에 내 한 몸 둘 하늘이 있어
나를 부르는 것이오.

일이 마치고 내 죽는 날 아침에는
서럽지도 않은 가랑잎이 떨어질 텐데……

나를 부르지 마오.

1941. 2. 7

십자가

쫓아오던 햇빛인데
지금 교회당 꼭대기
십자가에 걸리었습니다.

첨탑이 저렇게도 높은데
어떻게 올라갈 수 있을까요.

종소리도 들려오지 않는데
휘파람이나 불며 서성거리다가,

괴로웠던 사나이,
행복한 예수·그리스도에게
처럼
십자가가 허락된다면

모가지를 드리우고
꽃처럼 피어나는 피를

어두워 가는 하늘 밑에
조용히 흘리겠습니다.

1941. 5. 31

바람이 불어

바람이 어디로부터 불어와
어디로 불려 가는 것일까,

바람이 부는데
내 괴로움에는 이유가 없다.

내 괴로움에는 이유가 없을까.

단 한 여자를 사랑한 일도 없다.
시대를 슬퍼한 일도 없다.

바람이 자꾸 부는데
내 발이 반석 위에 섰다.

강물이 자꾸 흐르는데
내 발이 언덕 위에 섰다.

1941. 6. 2

슬픈 족속

흰 수건이 검은 머리를 두르고
흰 고무신이 거친 발에 걸리우다.

흰 저고리 치마가 슬픈 몸집을 가리고
흰 띠가 가는 허리를 질끈 동이다.

1938. 9

눈 감고 간다

태양을 사모하는 아이들아
별을 사랑하는 아이들아

밤이 어두웠는데
눈 감고 가거라.

가진 바 씨앗을
뿌리면서 가거라.

발뿌리에 돌이 채이거든
감았던 눈을 와짝 떠라.

1941. 5. 31

또 다른 고향

고향에 돌아온 날 밤에
내 백골이 따라와 한 방에 누웠다.

어둔 방은 우주로 통하고
하늘에선가 소리처럼 바람이 불어온다.

어둠 속에 곱게 풍화작용하는
백골을 들여다보며
눈물짓는 것이 내가 우는 것이냐
백골이 우는 것이냐
아름다운 혼이 우는 것이냐

지조 높은 개는
밤을 새워 어둠을 짖는다.

어둠을 짖는 개는
나를 쫓는 것일 게다.

가자 가자

쫓기우는 사람처럼 가자

백골 몰래

아름다운 또 다른 고향에 가자.

1941. 9

길

잃어버렸습니다.
무얼 어디다 잃었는지 몰라
두 손이 주머니를 더듬어
길에 나아갑니다.

돌과 돌과 돌이 끝없이 연달아
길은 돌담을 끼고 갑니다.

담은 쇠문을 굳게 닫아
길 위에 긴 그림자를 드리우고

길은 아침에서 저녁으로
저녁에서 아침으로 통했습니다.

돌담을 더듬어 눈물짓다
쳐다보면 하늘은 부끄럽게 푸릅니다.

풀 한 포기 없는 이 길을 걷는 것은

담 저쪽에 내가 남아 있는 까닭이고,

내가 사는 것은 다만,
잃은 것을 찾는 까닭입니다.

1941. 9. 31

별 헤는 밤

계절이 지나가는 하늘에는
가을로 가득 차 있습니다.

나는 아무 걱정도 없이
가을 속의 별들을 다 헤일 듯합니다.

가슴 속에 하나 둘 새겨지는 별을
이제 다 못 헤는 것은
쉬이 아침이 오는 까닭이오,
내일 밤이 남은 까닭이오,
아직 나의 청춘이 다하지 않은 까닭입니다.

별 하나에 추억과
별 하나에 사랑과
별 하나에 쓸쓸함과
별 하나에 동경과
별 하나에 시와
별 하나에 어머니, 어머니,

어머님, 나는 별 하나에 아름다운 말 한마디씩 불러 봅니다. 소학교 때 책상을 같이했던 아이들의 이름과, 패(佩), 경(鏡), 옥(玉) 이런 이국 소녀들의 이름과, 벌써 애기 어머니 된 계집애들의 이름과, 가난한 이웃 사람들의 이름과, 비둘기, 강아지, 토끼, 노새, 노루, 「프랑시스 잠」, 「라이너 마리아 릴케」 이런 시인의 이름을 불러 봅니다.

　이네들은 너무나 멀리 있습니다.
　별이 아슬히 멀듯이,

　어머님,
　그리고 당신은 멀리 북간도에 계십니다.

　나는 무엇인지 그리워
　이 많은 별빛이 내린 언덕 위에
　내 이름자를 써보고,
　흙으로 덮어 버리었습니다.

딴은 밤을 새워 우는 벌레는
부끄러운 이름을 슬퍼하는 까닭입니다.

그러나 겨울이 지나고 나의 별에도 봄이 오면
무덤 위에 파란 잔디가 피어나듯이
내 이름자 묻힌 언덕 위에도
자랑처럼 풀이 무성할 게외다.

1941. 11. 5

하늘과 바람과 별과 시 필사노트

Date.　　.　　.

시인 윤동주 尹東柱

1917.12.30 - 1945.02.16

　윤동주는 1917년 12월 30일 중국 길림성 명동촌에서 부친 윤영석과 모친 김용의 맏아들로 태어났다. 그는 대랍자소학교, 명동소학교와 은진중학교를 거쳐 평양 숭실중학교에 편입했다. 그러나 신사 참배 거부 문제로 이 학교가 문을 닫는 바람에 한 학기 만에 고향으로 다시 돌아와 광명학원에 편입, 중학부를 졸업했다.

　이후 1938년 봄 연희전문 문과에 진학했다. 연희전문에서의 4년은 윤동주에게 참담한 민족의 현실에 눈뜨고, 거기에 맞서 자신의 시 세계를 만들어가는 처절한 몸부림의 과정이었다. 그는 졸업을 앞둔 1941년에 그때까지 써 놓은 시 중에서 18편을 뽑고 여기에 「서시」를 붙여 『하늘과 바람과 별과 시』라는 제목의 시집을 엮었다. 이 자선시집을 77부 한정판으로 출간하려 했지만, 당시 일제의 검열을 걱정한 주변의 만류로 뜻을 이루지는 못했다. 결국 원고 3부를 손수 작성하여 1부는 자신이 갖고, 이양하 교수와 후배 정병욱에게 각각 1부씩 증

정하는 것으로 대신했다.

1942년 봄, 일본 유학길에 오른 그는 도쿄의 릿쿄대학 영문과에 입학했으나 한 학기만 다니고 같은 해 가을, 교토의 도시샤대학 영문학과로 옮겼다.

1943년 여름, 방학을 맞이하여 고향에 가려고 했던 그는 7월 14일 고종사촌 송몽규와 함께 독립운동 혐의로 일본경찰에 체포되어 이듬해 봄 징역 2년을 선고받고 일본 후쿠오카 형무소에서 복역하게 되었으며, 1945년 2월 16일 새벽 순절했다.

그의 죽음을 알리는 전보를 받고 그의 가족은 급히 그의 유해를 찾아왔다. 윤동주의 연희전문 졸업사진은 영정사진이 되었으며 장례식장에서는 연희전문 교지 『문우』에 실었던 시 「새로운 길」과 「우물 속의 자상화」가 낭독되었다. 유해는 용정 동산 중앙교회 묘지에 안장되었고, 가족들은 묘비에 "시인 윤동주의 묘" 라고 새겼다.

윤동주의 유고는 1948년 2월 동생 윤일주와 후배 정병욱이 윤동주의 자선 시집 『하늘과 바람과 별과 시』를 기존 19편의 시에 유작 12편을 묶어 유고시집을 출간하면서 세상에 널리 알려지게 되었다. 이후 1955년, 1976년에 개정판이, 1999년에는 사진판 자필 시고전집이 출간됨으로써 그의 육필원고가 비로소 세상에 공개되었다.

하늘과 바람과 별과 시
필사노트

초판 1쇄 발행 2024년 9월 30일

지은이   윤동주
디자인   위하영
펴낸이   김하은
펴낸곳   청담출판사
주소   서울시 강남구 도산대로 85길 39, 303호
팩스   +82 02-6442-0616
이메일   contact@cdpublishing.kr
출판등록 2023. 11. 28 제 2023-000360호

ISBN   979-1-988866-1-3 03810